왼손은 마음이 아파

오 은

왼손은 마음이 아파

오 은

PIN

008

차례

첫 문장   9

그러나 그런 일은 일어나지 않는다   10

봄밤비   14

생각   18

벽돌   22

반지하   26

아리랑의 마음들   28

이동   32

바늘 상점   34

O와 o   38

애   42

패러다임   44

안다   46

칼로리   52

대체적으로   56

표리부동   60

사진의 다음 표정   62

이사   66

화이트아웃   68

음악   72

옛날 시   76

암시   80

움큼   84

경제   86

모자이크   92

나무의 일   94

100%   98

그날의 전날   100

메리와 해피와   102

생일   108

에세이 : 생의 리듬   111

PIN

008

왼손은 마음이 아파

오 은

시

첫 문장

어제 쓴 줄 알았더니
내일 나타난다

내일 쓸 줄 알았는데
오늘이 끝나지 않는다

이미 쓰고 있는데
여태 직전이다

난생은 늘 처음으로 구부러진다

그러나 그런 일은 일어나지 않는다

수면양말을 신고 베개를 베고 이불을 덮고. 너의 꿈속으로 들어갔다. 출입증을 검사하는 사람은 없었지. 깐깐한 말투도. 이상한 눈초리도. 가방을 열어 나는 이렇게나 평범한 사람입니다. 나쁜 일을 저지를 사람이 결코 아닙니다. 고백하지 않아도 되었지. 수면양말처럼 베개처럼 이불처럼 입장했지. 신고 베고 덮고. 수월하게. 스스럼없이 눈뜨는 일처럼. 눈뜨는 일처럼 신나고 눈 감는 일처럼 설렜지.

너의 꿈속에서는 태양이 지고 있었다. 태양은 너무 커다래서 시간이 흘러도 지는 것을 멈추지 않았지. 여전히 지평선에 걸려 있었지. 밤이 올 기미가 보이지 않았지. 내일을 감히 상상할 필요가 없었지. 불행을 감히 점칠 필요가 없었지. 수면양말과 베개와 이불은 차라리 거추장스러웠지. 아침이 밝기 전에 탈출하지 않아도 되었지. 꿈속에서 행복하면 실

제로는 불행해져! 꿈속에서 탈출하지 못하면 내일은 없어! 협박하는 사람도 없었지.

　너의 꿈속에서도 집이 있었다. 우리가 살 집이 우리가 살던 집이 되어 있었지. 수면양말처럼 베개처럼 이불처럼 익숙했지. 너의 꿈속으로 들어갔던 때처럼. 아무렇지도 않게 들어갈 수 있었지. 불을 밝혀도 될까? 묻지 않아도 되었지. 밥을 먹지 않아도 배고프지 않았지. 침대에서 굴러떨어져도 잠에서 깨지 않았지. 네가 잊어버린 말과 내가 흘려버린 말이 생생하게 들렸지. 우리는 꿈을 가지고 있구나. 마음만 먹으면 뭐든 될 수 있구나. 3음절로 된 직업을 가질 수 있구나.

　태양은 영영 지지 않을 것 같았지. 평범한 사람도 행복할 수 있었지. 자기만의 수면양말과 베개와 이불을 가질 수 있었지. 마음만 먹으면 따뜻해질 수 있었지. 눈을 뜨고. 하품을 하고. 기지개를 켜고. 너의 꿈속에서 나왔지. 수면양말을 신은 채. 베개를 벤 채. 이불을 덮은 채. 태양이 지지도 태양이 뜨지도 않았는데 꿈꾸는 시간과 꿈 깨는 순간이 자연스럽게 이어졌지. 꿈 밖의 일이 전혀 낯설지 않았지.

봄밤비

하늘을 올려다보면 어김없이 빗방울이 떨어졌다 기우가 폭우가 되는 날이 많았다 놀란 모래알들이 법석이고 있었다 뭉치고 있었다

비를 기다리기 위해 봄을 기다리는 사람이 있었다 낮이 길어지면 지루해서 하품을 해댔다 봄 안에서 봄을 기다렸다 보지 않은 것처럼, 아직 볼 게 남은 것처럼
밤은 남몰래 어두워졌다

봄밤에는 산책하는 연인들이 있었다 모래알들을 밟으며 앞길을 내다보았다 막막했다 눈썹달을 바라보며 좋은 일만 생각하기로 했다 봄이 코앞이라고 믿기로 했다 비를 피하기 위해 봄을 기다렸다 너 없이 어떻게 살아왔는지 까마득하구나

밤이 미간을 찌푸렸다

비가 내렸다
봄밤에 밤비가 내렸다
봄밤에 있는 사람들은 취약해졌다

한밤중에 비를 맞고 걸어가는 사람이 있었다 한
봄이었다 호우였다 말을 걸려고 할 때마다 바람이
불었다 뒤꿈치가 앞으로 나아가려고 할 때마다 빗
줄기가 거세졌다 비바람이 바람비가 되었다

여태 겨울에 사는 사람도 있었다 고개 숙이고 다
니는 날들이 많았다 머리채를 잡아채이듯 이따금
고개가 확 뒤로 젖혔다 속으로는 구구단을 외우고
있었다 팔육은사십팔, 팔칠은오십육, 팔팔은육십

사…… 팔팔 끓고 있었다 정수리 위로 떨어진 것이
정수리 밖으로 튀어 오르고 있었다

구일은구, 구이는십팔……

생각

하지 않을 때
꾹꾹 숨겨왔던 내가 튀어나왔다

나는 놀랐고
왜 놀랐는지를 생각하다가
놀랄 만큼 부끄러워졌다

나인데 나로 돌아와야 했다
서서히 드러나는 나

낙서를 하는데
콧노래를 흥얼거리는데
첫눈에 흔들리고 말았는데

또다시

내 안에서 내가 빠져나갔다
빠져나가면서 나는 분명해졌다
분명해지면서 나는 나를 헤아렸다

눈을 감고 손을 흔들고
귀를 닫고 가슴을 열고
코를 막고 다리를 떨고
입을 다물고

입은 다물고

나는 무너지지 않는다
지붕이 없다
세계가 없다

나는 안에 있지 않다

빠져나간다
생각이 그만큼 간절하지 않아서
숨어 있던 나를 들켜버렸다

벽돌

얼굴이 여섯 개
영영 마주 보지 못하는 얼굴이 있었다
얼굴을 하나 가릴 때마다 그림자가 생겼다

얼굴 하나가 말했다

나는 너 때문에 각도가 생겼어 모서리가 됐어 너
때문에 부피가 생겼어 사람들이 들고나올 만한 너
때문에 무게가 생겼어 사람들이 치고받을 만한

여유가 생겼어 너 때문에 얼굴을 가리는 사람들
이 있었어 뒤통수에 혹을 달고 다니는 사람들이 있
었어 앞이마에 흙을 묻히고 다니는 사람들이 있었어

그림자가 거대해졌어

그것을 묵묵히 나르는 사람이 있었다 삼백육십 개가 넘는 얼굴을 등에 지고 삼백육십 일이 넘는 날을 넘는 사람이 있었다 곱절이 제곱이 되는 삶이 있었다

영영 마주 보지 못하는 얼굴 하나가 말했다

나는 너 때문에 상상하게 됐어 굽는 것은 얼마나 뜨거울까 쌓아 올리는 것은 얼마나 지겨울까 찍어 누르는 것은 얼마나 잔인할까 찍어 눌리는 것은 또 얼마나 쓰라릴까

그것을 밟는 사람이 있었다 얼굴을 뭉개는 사람이 있었다 그것을 던지는 사람이 있었다 얼굴을 내

미는 사람이 있었다 그것을 피하는 사람이 있었다
얼굴을 외면하는 사람이 있었다

　　돌이 벽을 만나던 순간이 있었다
　　벽돌이 돌벽이 되던 순간이 있었다

　　얼굴이 여섯 개
　　얼굴 위로 다른 얼굴이
　　얼굴 옆으로 다른 얼굴이

　　그림자는 깔려 죽으면서 태어났다

반지하

반은 지하라는 말은
반은 지상이라는 말도 될 텐데

공간은 왜 아래를 향할까
말은 왜 아래를 지향할까

피곤한 날에는
하늘이 더 높아 보였다

사람은 왜 위를 향할까
왜 자꾸 비상하려고 할까

이불을 뒤집어쓰고
땅속에 눕는 기분을 상상했다

반삶이라는 말은 없고
반죽음이라는 말만 있듯이

한숨은 왜 땅으로 푹 꺼질까
왜 새싹으로 다시 돋아나지 않을까

아리랑의 마음들

춥니?
네가 물었지만
대답하려고 입을 벌리니
너는 없었다

어디 가니?
내가 물었지만
대답을 들으려고 귀를 여니
너는 없었다

우리는 애쓰고 있었다
안간힘을 쓰고 있었다

마음으로 마음을 밀어내려고
마음으로 마음을 끌어당기려고

밀고 끌고
끌고 밀다가
어느새 여기까지 와버린 마음

추워서 얼어붙었다가
녹아 흐르기 위해
홀연히 떠나간 마음

고개를 젓고
고개를 숙이고
고개에 들어서고
마침내
고개를 넘어

오는 마음
가는 마음
오가는 마음

한번 가면 되돌아오지 않는 마음
아무리 빌어도 이루어지지 않는 마음

어제 거기의 마음
오늘 여기의 마음

고개고개의 마음
고개 사이의 마음

내일이 되면
연기처럼 사라지거나

화석처럼 굳어질 마음

따뜻하니?
네가 물었고
나는 가만히 손을 오므렸다

다시 오니?
내가 물었고
고개 너머로 해가 떠오르고 있었다

이동

너는 여기가 좋다고 말한다
편해서 좋다고 말한다

나는 너를 잡아끈다
너는 불편하다고 말한다

싫다고 말한다

나는 눈알을 굴린다
혀를 놀리고 허리를 흔든다

거기로 가자고
거기서 굳이 불편해지자고 말한다

너는 못 이기거나

못 이기는 척을 할 것이다

가만히 너를 내려다본다
여기에만 머물던 눈빛이
자꾸 위를 응시하려고 한다

좋지 않은 쪽을 향하려고 한다

너의 마음이 움직였다

바늘 상점

바늘을 사러 바늘 상점에 갔다

얼마나 더 가늘어질 수 있니?
긴바늘이 물었다

얼마나 더 팽팽해질 수 있니?
짧은바늘이 물었다

무릎을 굽히지도 않았는데
어느새 바늘방석에 앉아 있었다

어느 쪽으로 갈지 결정은 했니?
코바늘이 물었다

엉킨 마음을 들켜버렸다

실이 얼마나 가는지
실이 얼마나 팽팽한지
실은 얼마나 간절한지
실로 얼마나 뜻밖인지

째깍째깍
초바늘이 실에게 묻고 있었다

정오가 되었다
가늘고 팽팽한 시간이었다

상점 안에 있는 바늘들이
일제히 바늘귀를 열었다

누구라도 찌를 만반의 준비가 되어 있었다
비밀을 엿들을 마음가짐이 되어 있었다

바늘 상점에 햇살이 들이닥쳐
비치되어 있는 바늘들이 빛이 되었다

상점을 나오는데
바늘구멍에 들어가는 것 같았다
실답게 하늘을 올려다보았다

온몸이 혀처럼 축 늘어져 있었다
관절마다 바늘이 돋아 있었다

바늘을 사러 바늘 상점에 갔다
거대한 바늘이 되어 바늘 상점을 나왔다

O와 o

너 O 맞지? 낯선 이의 목소리에 몸이 절로 쭈그
러들었다. 당시 나는 벤치에 앉아 모든 생각은 일정
정도는 딴생각이라고 딴생각을 하고 있었다. 다른
데로 쓰는 것이 생각이니까. 머릿속이 흔들려야 하
니까. O 맞네, 맞아! 낯선 이가 느닷없이 손뼉을 치
는 바람에 나는 흠칫 놀랐다. 낯섦과 느닷없음이 겹
쳐 공포가 되었다.

무방비 상태일 때는 별도리 없이 위축된다. 오후
두 시에도 그렇고 새벽 두 시에도 마찬가지다. 밝아
서 부끄럽고 어두워서 무섭다. 위축된다고 밝히고
나니 몸뿐 아니라 마음도 덩달아 작아졌다. 위축될
때마다 나는 확신한다. 몸과 마음은 한통속이라는
사실을. 몸의 밀도가 낮아질 때마다 마음에도 숭숭
구멍이 날 것이라는 사실을.

O는 대답하지 않는다. 주저하는 기색도 없이 가

만있다. 가만히 있다. 대책이 없으므로 O의 머릿속은 새하얘진다. 머릿속이 새하얘져서 대책을 강구할 수도 없다. O는 기죽은 얼굴로, 풀 죽은 표정으로 낯선 이를 올려다본다. 낯선 이가 확신하는 자세를 견딜 수 없다. 낯섦이 믿음을 덮쳐 창피가 되었다. 면목은 자주 사라진다.

나는 o야. 그러니까 O 맞잖아. 아니야, 나는 o라니까. 면목이 사라지니 o는 용감해진다. 누군가를 대하는 데 필요한 건 면목이 아니라 면목 없음일지도 모른다고 딴생각을 하고 있었다. 나랑 같은 반이었던 O가 아니라고? 낯선 이는 놀라는 척하면서 비웃고 있다. 낯선 이와 아무리 낯을 익혀도 절대 친밀해질 수는 없다.

나는 o야. 나는 작아. 나는 겁이 많아. 화를 내기보다 투정을 부리는 편이지. 여행 대신 산책을 하는 편이지. 대화가 아닌 혼잣말이 편하지. O가 어떤 사람인지는 모르지만 o인 나는 그래. 나는 너와 이야기하고 싶지 않아. 지금은 오후 두 시야. 나는 오후 두 시의 o야. 오후 두 시에도 새벽 두 시에도 나는 o야.

낯선 이는 어안이 벙벙해진다. O임을 확인한다고 해서 포상금을 받는 것도 아니다. 기껏 O를 닮은 누군가를 봤다고 친구들에게 말할 수 있을 것이다. 그런데 O가 자신이 O가 아니라고 했어. 친구는 말할 것이다. O가 아니었나 보지. 다른 친구는 피식 웃으며 물을지도 모른다. O가 왜 그랬대? 낯선 이는 할 말이 없을 것이다.

o는 다시 벤치에서 딴생각을 한다. 딴생각에 풍덩 빠지는 것이 아니라 딴생각으로 느릿느릿 걸어 들어간다. 대륙을 가로지르고 대양을 미끄러진다.

이따금 바위처럼, 암초처럼 낯선 이가 튀어나온다. 낯선 이는 O는 알지만 o는 모른다. 보이는 바위와 보이지 않는 바위 사이에서 또 다른 바위가 고개를 내민다. 딴생각이 딴생각을 낳는다.

　나는 O와 o 사이에 있다.

애

빨강과 파랑
검정과 하양
연두와 보라

너를 지우려 애쓰면 애쓸수록
너는 점점 선명해졌다

빨강과 다홍
파랑과 청록

어제와 오늘처럼
번번이 경계가 흐려졌다

올리브와 아이보리
에메랄드와 부르고뉴

주고받았던 편지를 떠올릴 때면

다른 나라에 와 있는 것 같은 착각이 들었다

알고 보니

나는 愛를 쓰고 있었다

잠에서 깨어나면 늘

잔상이 남았다

패러다임

왼손이 말을 걸어왔다
마음이 아파
가슴이 찢어져

오른손은 단박에 왼손을 움켜쥐었다
가능했다

한동안 잡은 손을 놓지 않았다

어느 날,
왼손이 걸어왔다
왼발도 아니면서

오른손은 머리가 아팠다
왼손을 이해할 수 없었다

오랫동안 잡은 손에는
땀이 맺힐 대로 맺혀 있었다

오른손은 단숨에 왼손을 뿌리쳤다
능가했다

왼손은 마음이 아파
가슴이 찢어져
잠시도 가만있을 수 없었다

오른손은 당분간 땀만을 이해하기로 한다

안다

한 사내가 허름한 식당 문을 펄쩍 열어젖혔다
안에 있던 아주머니가 화들짝 놀랐다

아는 얼굴
아는 차림
사내의 식성도 알았다

마패라도 들고 온 줄 알겠어!
허름한 식당에 있던 아주머니가
허름한 식당에 들어온 사내를 보고 말했다

사내가 힘없이 웃었다
유독 배고파 보였다
사내는 모르고
아주머니만 아는 그 표정이었다

주방에서 청국장 끓는 소리가 났다

아는 소리
아는 냄새
20년 가까이 먹었으니
5분 뒤에 만끽할 맛도 아주 잘 알았다

맛있다는 말 말고
청국장의 맛을 어떻게 표현할 수 있을까

사내는 숟가락 끝에 혀를 대보았다
차가웠다
아는 온도였다
아는 감촉이었다

뚝배기가 나왔다

청국장이 아직도 열심히 끓고 있었다

사내는 들고 있던 숟가락을 뚝배기 안에 밀어 넣었다

뚝배기에 밀어 넣은 숟가락을 다시 입안에 밀어 넣었다

뜨거웠다

입천장이 덴 것 같았지만 사내는 가만히 있었다

아는 맛이었다

아는 통증이었다

식당 문을 열고 모르는 사람들이 들어왔다

아주머니의 목소리가 달라졌다

사내가 모르는 목소리였다
마음만 먹으면
사람은 목소리를 바꿔 낼 수 있다
마음을 사로잡으려면

뚝배기의 바닥이 드러났다
사내가 일어났다

오늘도?
아주머니의 눈꼬리가 올라갔고
오늘도
사내의 눈꼬리가 처졌다

사내의 지갑이 얼마나 외로운지
입을 벌린 지 얼마나 오래되었는지
아주머니는 알지 못했다

보리차를 벌컥벌컥 들이켜고 밖에 나왔다
아는 벽에 모르는 포스터가 붙어 있었다

짜게 먹으면 싸게 죽습니다

사내는 목구멍으로 침을 삼켰다
목이 말랐다

식당 안에는
치우지 않은 뚝배기와 보리차가
끓지도 않고 아직,

칼로리

쌀밥 300kcal

된장찌개 128kcal

김치찌개 209kcal

부대찌개 340kcal

설렁탕 212kcal

삼계탕 630kcal

갈비탕 630kcal

뭐가 하나같이 이렇게 비싸?

분식집에나 가자

김밥 273kcal

라면 450kcal

떡볶이 482kcal

칼국수 545kcal

만만치 않네
편의점에서 간단히 때우자

햄버거 260kcal
치즈버거 318kcal
햄치즈샌드위치 396kcal
참치샌드위치 564kcal

결코 간단하지 않아
잼을 바르느냐 안 바르느냐에 따라
프렌치프라이를 곁들이느냐 안 곁들이느냐에 따라
콜라를 마시느냐 사이다를 마시느냐에 따라
콜라를 마신다고 가정했을 때
일반 콜라를 마시느냐 다이어트 콜라를 마시느

나에 따라

너의 저녁이 조금 달라질 거야

뭘 먹어도 배는 부를 거야
속은 채워지지 않을 거야

밤만 되면 배 속에 숫자들이 많았다
배는 부른데 속은 허했다

밤새 하늘에서 떨어지는 꿈을 꾸어도
인수분해가 되지 않았다

대체적으로

아침에는
대체적으로 맑음

테이블 위에 물체가 하나 놓여 있었다

대체적으로 붉어 대체적으로 구체적이야 대체적
으로 집요해 대체적으로 붉은데 완전히 붉지는 않
아 대체적으로 해체적이야 대체적으로 난해해 완전
히 붉지는 않은데 멀리서 보면 확실히 붉어 붉은색
으로 수렴해 대체적으로 끌려
　대체적인 반응은 토마토에 가까워 대체적으로
회문回文이야 대체적인 크기는 방울토마토에 가까
워 대체적으로 귀여워 대체적인 모양은 대추토마토
에 가까워 대체적으로 길쭉해 대체적으로 무농약이
야 대체적으로 몸에 좋아 대체적으로 단단해 대체

적으로 팽팽해 대체적으로 토마토야

물체에 손을 대기 전까지는

대체적으로 낙관적이야 대체적으로 내일을 생각
해 대체적으로 희망적이야 대체적으로 달콤한 미래
를 꿈꿔 대체적으로 낙천적이야 굴러떨어지는 장면
이 아닌 가지에 매달리는 장면을 상상해 대체적으
로 근사해 대체적으로 자극적이야 입을 벌리지 않
았는데도 대체적으로 상큼해 해가 기울기 시작하자

물체에 금이 가기 시작했어
과육이 앞다투어 튀어나왔어
대체적으로
무너지기 시작했어

전체적으로

분열하기 시작했어

물체는 물질이 되고 있었어

오늘이 내일로 대체되었어 대체적으로 어제 사람이야 대체적으로 옛날 사람이야 어제와 대체적으로 비슷해 날도 사람도 대체적으로 여전해 대체적으로 오늘이야 대체적으로 나야 대체적으로 적당해 대체적으로 평범해 대체적으로 따분해

대체 내 모습이 아닌 것 같아 내가 그려왔던 인생과 대체적으로 어긋나 대체 알 수 없어 도대체 파악할 수 없어 대체적으로 시끄러워 대체적으로 들리지 않아 대체적으로 어두워 대체적으로 보이지 않아 대체적으로 아파 대체적으로 비관적이야 아주

잠깐 바람이 불었어 오늘 내쉰 숨이 내일도 남아 있
을까 테이블은, 테이블 위의 물체는 여전할까 대체
적으로 무기력해 대체적으로 살아

　해가 바뀌어도 해가 기울고

　밤에는
　대체적으로 흐림

표리부동

어젯밤 꿈에는 네가 나왔다. "잘 지내?"라고 차마 묻지 못했다. "잘 지내"라고 서슴없이 대답할까봐. 누구보다 네가 잘 지내기를 바라면서도 나는 이렇게나 나쁘다. 꿈속에서도 나아지지 않는다.

사진의 다음 표정

웃어봐. 이렇게? 이를 드러내면서. 이렇게? 활짝, 더 활짝. 어떻게 더. 먹고 싶은 것을 상상해봐. 너도 모르게 기분이 좋아질 거야. 이렇게? 응. 맛있게 먹었는데, 더 맛있는 후식이 나왔다고 생각해봐. 배가 불렀는데? 배가 불렀는데 부른 배를 있는 힘껏 누르고 싶을 만큼 더 맛있는 게 나온 거지. 촉촉한 생크림이 흘러내리는 따뜻한 브라우니 같은 거. 입이 절로 벌어지는데? 📷 이 사진이 제일 좋네. 표정 밖으로 기쁨이 흘러나오네. 프레임 밖에서도 맛있는 게 어디 있는지 자꾸 갸웃거리게 되네.

세상에서 단 한 벌밖에 없는 옷을 입고 있다고 최면을 걸어. 최면을? 마음먹는 거지. 결심을 하라는 거야? 아니, 그런 척하면 된다는 거야. 이제까지 단 한 번도 그래본 적이 없는데? 상상을 하면 되지.

너는 대저택에 살고 너를 위해 옷을 재봉해주는 사람이 있어. 그 사람이 네 생일에 맞춰 아주 특별한 옷을 만든 거야. 너는 그 옷을 막 입어본 거고. 단한 벌이라니 대단한 사람이 된 것 같으면서도 좀 오싹하다. 맞아, 바로 그 표정! 📷 사진을 보니 옷이 아니라 사람이 날개네. 너는 날아오르기 직전이네.

웃지 않는 상태에서 행복한 마음을 표현해봐. 행복하면 보통 웃게 되지 않아? 그걸 드러내지 않는 사진을 찍을 거야. 몹시 행복한데, 행복한 걸 사방팔방 알리고 싶은데, 그걸 꾹 참고 있는 표정이 필요해. 행복한데 행복하지 않은 척하라는 말이야? 아니, 행복한데 행복하다는 사실을 안 들키려고 애쓰는 거야. 행복을 보물처럼 간직하는 거지. 너를위한 브라우니가, 세상에서 단 한 벌뿐인 옷이 다름 아닌 집에 있는 것처럼. 몹시 행복하면 나도 모르게 웃음이 새어 나오잖아. 아무래도 세상모르는 표정이 나올 것 같은데? 📷

플래시가 터졌다
멋모르고 눈물이 났다

촉촉한 브라우니도
세상에서 단 한 벌뿐인 옷도
보이지 않았다

대저택도 집도
프레임 안팎 어디에서도

이사

마지막으로 화분을 실었다
꽃이 없는 화분

흙이 가득한 화분
오늘도 물을 줬는지 촉촉했다

트럭이 새집을 향한다

손을 흔들어도 집은 가만있었다
멀어지는 동안
어느새 옛집이 되어 있었다

잠잠하던 화분이 눈을 떴다
싹이 있는 화분

화분이 움직이는 집이 되던 순간

네가 나타났다
여백이 실체를 드러냈다

뚫어져라 바라봤는데도 집은 가만있었다
낡은 새집으로 있었다

가장 먼저 화분을 내렸다
집집이 집 안으로

화이트아웃*

흑에서 잠들고
백에서 눈뜬다

아침에는 눈앞이 캄캄하고
밤에는 머릿속이 새하얘진다

하루에도 몇 번씩 흑백이 찾아온다
예상치 못한 일들
예상할 수 없는 일들

능력과 의지는 한낮에 있다

상상력이 부족해서
어찌할지 몰라서
옳고 그름을 따지기에는

당장이 낯설어서

결핍과 무지가 온종일 따라다녔다

눈이 펑펑 쏟아지는 날에는 밤이 길었다

흑백영화가 시작되었다

코트 위에 내려앉은 눈을 털어내며
잊기 위해서 노력하는 시간
녹는 눈을 그러쥐며
잊지 않기 위해서 노력하는 시간

안에서 밖으로
머릿속에서 눈앞으로

꿈에서도 눈이 그치지 않았다

* white-out, 심한 눈보라와 눈의 난반사로 주변이 온통 하얗게 보이
  는 현상.

음악

선글라스를 끼고 등장한다
혼자 서 있다
그에게 빛이 쏟아진다

빛있다는 것은
곱다는 것, 아름답다는 것
한때의 감정에 휘말린다는 것
질 수 없어서
두 손을 든 채 시작할 수 없어서
우리는 알록달록한 색안경을 쓴다

너는 빨간색
나는 파란색
색안경을 쓴다는 것은
표정을 들키지 않겠다는 것, 마음을 선선히 내주

지 않겠다는 것

　우리가 다 모이면 무지개를 완성할 수 있을 것
같은데

　구석의 악보는
　반듯이 접혀 있다
　반드시 접혀 있다
　순순히 다음 국면을 보여주지 않는다

　정적이 흐른다

　그는 우리가 까만 점들로 보일 것이다
　우리는 그가 빨간색 덩어리로 보인다
　눈을 감았다 뜨면 파란색으로 보이기도 한다

심호흡을 한 뒤

천천히 입을 연다

그는 눈을 감고 있다

선글라스를 낀다는 것은

내 앞에 장막을 친다는 것, 집중하겠다는 것, 스

스로 까매진다는 것

들리기만 할 때까지 기다리겠다는 것

선글라스로 눈물을 감추고

색안경으로 마음을 숨겼지만

선글라스가 입을 막지는 못해서

색안경이 귀를 가려주지는 못해서

버릴수록 차오르는 것이 있었다

막을수록 스며드는 것이 있었다

지면이 융기하고
평면이 부피를 얻고
2차원의 악보가
3차원의 리듬을 얻는 데

고작 몇 분이었다

의성어가 끝나고
의태어가 시작되었다

옛날 시

꿈에 나온 사람들이 내 시를 가리켜 옛날 시 같다고 했다. 옛날 시? 얼마나 먼 옛날? 왜, 그 옛날 있잖아. 옛날 옛적에 할 때의 옛날? 그런 옛날 말고 우리가 흔히 말하는 옛날. 꿈에 나온 사람들이 배꼽을 잡고 웃기 시작했다. 나만 옛날과 동떨어져 있는 것 같았다. 나만 지금에 속하지 못한 것 같았다. 옛날을 찾기 위해 적극적으로 꿈을 꾸었다. 옛날에 도착해야 훗날을 기약할 수 있을 것 같았다. 아무리 뒤로 달려도 옛날에 가닿지 못했다. 키가 점점 줄어들었는데도, 첫울음을 내지르기 직전까지 다다랐는데도 옛날이 나타나지 않았다. 옛날 시의 토씨조차 보이지 않았다. 옛날에 도착하지 못하면 옛날 시에 대해서도, 옛날 시 같은 시에 대해서도 알 수 없을 것이다. 나는 계속해서 옛날 시를 쓰게 될 것이다. 얼마나 먼 옛날인지 가늠할 수 없어서 앞을 내다보지 않고 내처 걸었다. 그 옛날로 가는 길에는 무수한 옛날이 있었다. 어떤 옛날에는 불온한 사상을 가지면 끌려간다고 했다. 어떤 옛날에는 장성한 사람이면 끌려간다고 했다. 어떤 옛날에는 창씨개명을 하지 않으면 끌려간다고 했다. 어떤 옛날에는 잡아끄는 대로 순순히 끌려갔더니 훈민정음이 창제되었다며 기뻐하고 있었다. 정작 백성들은 모르고 있었다. 다 옛날 일이었다. 삼국이 통일되던 날에는 비가 내려 뛸 수 없었다. 옛날이라 우산도 없어서 온몸이 홀딱 젖었다. 뒤늦게 소도에 도착했더니 죗값은 없고 죄와 값만 있었다. 죗값을 치르러 기원전으로 돌아갔더니 옛날 시는 없고 옛날 쑥과 옛날 마늘만 도처에 널려 있었다. 옛날 시는 없었지만 옛날 사람들이 보였다. 말을 걸어봤지만 내 말을 알아듣지 못했다. 나는 더 옛날의 시를 쓰거나 덜 옛날의 시를 쓰는 셈이었다. 옛날로 거슬러 올라갈수록 더욱더 옛날이 그리워졌다. 호랑이 담배 피우던 시절을 지나 마침내 태곳적에 도착했다. 그제야 그 옛날을 지나쳐 왔을지도 모른다는 생각이 퍼뜩 들었다. 지금에 다다르기 위해 또다시 질주했다. 엄마의 자궁에서 미끄러져 다시 앞으로 아득바득 기어가기 시작했다. 몸이 옛날 같지 않았다. 내 시는 그 시간만큼 옛날 시가 되어 있었다. 꿈에 나온 사람들이 또 다른 꿈으로 들어가며 침을 뱉고 있었다. 옛다, 옛날.

암시

눈을 뜨면 말한다
사과
냉장고에는 양파가 있다

양파는 대그르르하다
사과가 잘 익었네
양파가 낯을 붉힌다

양파의 껍질이 시작되는 지점
사과의 꼭지가 시작하는 지점

눈을 감고 양파를 먹는다
사과
양파는 꿈쩍도 하지 않는다

어금니에 힘을 줬는데도
과즙이 나오지 않는다

눈물이 핑그르르 돈다
사과가 생각보다 맵네
하얀 양파가 하얀 이 사이를 맵차게 파고든다

다시 눈을 뜨면 말할 것이다
양파
냉장고에 있던 양파가
지금 내 입안에 있다

입을 다물면
사과
말하지 못한다

양파의 기세가 등등해지고 있다

닥다그르르
저작하는 이들만 바쁘다

입술을 비집고 말이 새어 나온다
사파娑婆
배가 많아서 사공이 산으로 갔다

움큼

겨울에는 눈을 뭉치고
봄에는 흙을 움켜쥐고
여름에는 사탕을 집고
가을에는 갈대꽃을 안고

이듬해 겨울에는
머리카락이 빠지고 있었다

무엇을 해도 되는 나이
그러나
아무것이나 하면 안 되는 나이

덮기에는 늦어서
겁을 집어삼켰다

경제

성냥개비들이 성냥갑 안에서 머리를 맞대고 있었다.

눈이 내리고 있었지. 자고 일어나면 길이 꽁꽁 얼 거야. 얼어붙을 거야. 한동안 녹지 않을 테지. 두 밤, 세 밤, 쌓이다 보면 어느새 일곱 밤이 될 테지. 일곱 밤 동안 사이좋게 팽팽할 거야. 미끄러운 낮과 미끌미끌한 밤이 내년으로 아슬아슬하게 이어지겠지. 아무리 추워도 내일은 오니까. 제아무리 춥더라도 더 추운 다음 날이 있으니까.

다음 날에 어쩌면 날이 풀릴 수도 있지. 기적처럼 눈이 녹을지도 몰라. 아예 다음 날이 오지 않을 수도 있어. 늘 대비해야 해. 눈이 내리면 쌓이니까, 발이 묶이니까. 장을 보러 나가야 하는데, 내년에 심을 씨앗들을 사야 하는데, 더 추운 데 있는 엄마

에게 돈도 보내드려야 하는데. 엄마에게도 엄마가
있으니까.

오후에 학교에서 눈이 오는 걸 보며 가슴이 두근
거렸어요. 오는 것 같아서, 오고 있는 것 같아서. 눈
길을 헤치고 집에 와서 문을 열었는데 쓸쓸했어요.
크리스마스트리도 없고, 크리스마스카드도 없고,
크리스마스 선물도 없고. 나는 왔는데, 나만 온 것
같았어요. 저 멀리 태평양에는 크리스마스섬도 있
다던데.

가족이 있잖니. 너를 사랑하는 가족이.
겨울에는 따뜻한 것이 필요해요.
집이 있잖니. 장작도 있고 이불도 있고.
눈에 보이는 것 말고요.
먹고사는 게 만만치 않단다. 풀칠을 해야 해, 비

누칠은 그다음이야. 눈 깜짝할 사이에 누가 먹칠이라도 하면 어쩌려고 그러니.

나는 힘들게 집에 왔는데 시간은 아무렇지도 않게 가고 있어요.

올해는 끝날 거야. 내년에는 오늘을 기억하지도 못할걸?

결핵이 사라져도 크리스마스실은 없어지지 않을 거예요.

살기 위해서, 살리기 위해서. 비가 와도 눈이 와도 엄마 아빠는 일하잖니. 원활하게 돌아가게 하려고, 어떻게든 일으켜 세우려고. 크리스마스트리가 없지만 우리가 다름 아닌 나무란다. 크리스마스카드가 없지만 오늘도 무사한 게 희소식이란다. 크리스마스 선물이 없지만 눈을 피해 몸을 녹일 수 있는 집이라도 있다는 게 선물이란다.

　우리 집에는 크리스마스 인자因子가 없어. 크리스마스라고 해서 피가 더 잘 돌지도 않아. 더 잘 엉기지도 않고. 이 눈길을 헤치고 누가 달려올 거란 상상은 접어둬. 다가올 봄을 생각해. 지금은 꼼짝없이 여기 갇혀 있지만 기지개 펼 날이 머지않았다. 하지만 오늘은, 올해는 아직은! 하다못해 성냥도 다 떨어져가고!

　참다못한 누군가가 방문을 와락 열어젖혔다.
　성냥개비들이 온몸을 떨기 시작했다.

　눈빛이 말했다.
　함께 슬퍼할 잠시 동안의 시간을 비용으로 환산해주겠다.

창밖에는 심상하게 눈이 내리고

성냥개비들이 필사적으로 머리를 비비기 시작했다.

모자이크

거의 다 왔어

거의는 아직 끝나지 않았다는 말이다

채울 것이 남아 있었는데
조각을 얻지 못한 틈에서
성토하듯 빛살이 쏟아졌는데

거의는 여전히 부족하다는 말이다
완성이 되지 않았다는 말이다

한 조각만 더 모으면 되는데
그 조각만 뿌예서 잘 보이지 않는데
의도적으로 나를 어지럽히는 것 같은데

모아도 모아도
결코 채워지지 않는 모자이크처럼

거의는 가까워지기만 한다
도달하지 못한다

내일은 오늘의 미완성에 대하여
변명을 짜 맞춰야 한다 최대한
화려하게, 자연스럽게

거의 몰라볼 정도로

나무의 일

나무가 책상이 되는 일
잘리고 구멍이 뚫리고 못이 박히고
낯선 부위와 마주하는 일
모서리를 갖는 일

나무가 침대가 되는 일
나를 지우면서 너를 드러내는 일
나를 비우면서 너를 채우는 일
부피를 갖는 일

나무가 합판이 되는 일
나무가 종이가 되는 일
점점 얇아지는 일

나무가 연필이 되는 일

더 날카로워지는 일

종이가 된 나무가
연필이 된 나무와 만나는 일
밤새 사각거리는 일

종이가 된 나무와
연필이 된 나무가
책상이 된 나무와 만나는 일
한 몸이었던 시절을 떠올리며
다음 날이 되는 일

나무가 문이 되는 일
그림자가 드나들 수 있게
기꺼이 열리는 일

내일을 보고 싶지 않아
굳게 닫히는 일
빗소리를 그리워하는 일

나무가 계단이 되는 일
흙에 덮이는 일
비에 젖는 일
사이를 만들며
발판이 되는 일

나무가 우산이 되는 일
펼 때부터 접힐 때까지
흔들리는 일

100%

볼 사람은 더 말한다
본 사람은 말한다
더 본 사람은 다 말하지 않는다
다 본 사람은 말하지 않는다

알게 모르게

정보는 보존된다
비밀은 유지된다

입이 토해낸 양은
눈이 빨아들일 양

안다고 생각했었는데
입이 굳었다

모른다고 낙담했었는데

눈이 뜨였다

코는 시종일관 숨 쉬고 있다

그날의 전날

그날의 전날에는 비가 내렸다 눈이 내린다고 했
는데 비가 내렸다 길은 얼어붙는 대신 질척이기로
마음먹었다 일기예보에서는 내일은 반드시 눈이 내
릴 거라고 했다 앞으로 일어날 일을 미리 알려주는
것은 도움이 되는 일이다 재미는 없는 일이다 TV를
끄려는 찰나, 아나운서가 말했다 속보가 들어왔습
니다 들어오기만 하고 나가지는 않는 것은 돈이 되
는 일이다 모험은 없는 일이다 전날이 그날이 되기
전, 눈알을 굴리고 귓바퀴를 굴리고 마침내 머리를
굴리는 데 성공했다 유명 정치인이 돈을 굴려 큰돈
을 만들었다고 했다 저지르는 데 성공하고 저지른
것을 숨기는 데 실패했다고 했다 유명 정치인이 범
죄를 저질러 더욱 유명해졌다는 내용이었다

　　—내일 눈이 내리면 눈을 굴려 눈덩이를 만들자

눈덩이를 굴려 눈사람을 만들자

　─비는 싫은데 빗소리는 좋아 눈은 좋은데 눈밭
은 싫어

　우리는 내일 서쪽에서 뜨는 해를 보기로 약속하
고 눈을 감았다 반달 같은 눈썹과 초승달 같은 눈썹
이 그날을 향해 파르르 떨렸다

메리와 해피와

메리는 즐겁게 지내려고 애쓰는 아이
즐거운 아이는 아니다

12월이 되면
크리스마스가 다가오면
메리는 바빠진다
매일매일 고개를 돌리는 횟수가 늘어난다

메리 크리스마스
메리 크리스마스

사방에서 메리를 찾았지만
어디에도 메리는 없었다
크리스마스 앞에 있었지만
크리스마스 뒤에 바짝 달라붙어 있는 기분이었다

해피는 행복한 척하려고 애쓰는 아이
행복한 아이는 아니다

12월이 끝나가면
새해가 눈앞이고 어느새 코앞이고
해피는 바빠진다
여기저기 얼굴을 비추지 않으면 안 된다

해피 뉴 이어
해피 뉴 이어

새해가 밝아오는 것과 별개로
해피는 늘 곁에 있다고 했다
보이지 않는다고 해서

없다고 여기면 안 된다고 했다

크리스마스이브에 메리가 말했다
자정이 되면 우리는 눈을 뜰 거야
사이좋게 더 기쁠 수 없게
더 이상의 행복은 바라지 않는 마음으로

시계가 자정을 알리자 해피가 말했다
그러나 그런 상태가 가능할까
이제 고작 자정인데
정오를 두 번 넘어왔을 뿐인데

편안하지
한 시 이후에 두 시가 찾아온다는 게
이상하지

열두 시 이후에 다시 한 시를 마주해야 한다는 게

더 중요한 시간이 있다는 게
어떤 시간은 순간이 된다는 게
순간을 마음속에 품고 있으면 추억이 된다는 게

그리고 그 추억이 지워질지도 모른다는 게
어릴 때 받은 크리스마스 선물을 잃어버린 것처럼
서랍을 아무리 뒤져도 흔적을 찾을 수 없는 것처럼

히, 아야, 풍선껌, 복슬복슬, 보고 싶어요, 알나리
깔나리
어린 시절에 입에 달고 살았던 말들을
더 이상 사용하지 않는 것처럼

메리와 해피는 입을 다물고
눈앞은 캄캄하고
코앞에는 별이 아른거리고

크리스마스 아침에 밤하늘이 펼쳐지는 것처럼
거짓말처럼
더없이 사실적으로

일곱 밤을 자면
나는 또 한 살을 먹을 것이다
빈손으로

메리는 해피는
메리와 해피와

생일

축하해
앞으로도 매년 태어나야 해

매년이 내일인 것처럼 가깝고
내일이 미래인 것처럼 멀었다

고마워
태어난 날을 기억해줘서

촛불을 후 불었다
몇 개의 초가 남아 있었다

오지 않은 날처럼
하지 않은 말처럼

죽을 날을 몰라서

차마 꺼지지 못한 채

PIN
008

생의 리듬

오 은
에세이

생의 리듬

"나는 울지 않으려고 그림을 그린다."

—파울 클레

passion. formed

어린아이는 자꾸만 손을 뻗는다. 엄마의 긴 머리카락을 잡으려고, 아빠의 까끌까끌한 수염을 만져보려고, 돌의 우둘투둘한 표면을 느끼려고, 꽃의 촉감에 대해 알려고, 개의 온도를 감지하려고, 너와 내가 얼마나 같고 어떻게 다른지 감각하려고. 서툴

게 뻗은 손이 대상과 만날 때 특정한 온도가 생긴다. 그 온도에 익숙해지는 동안, 어린아이의 몸에서는 자연스럽게 리듬이 생겨난다.

어린아이는 손을 들여다본다. 눈으로 손바닥에 있는 어지러운 선들을 좇는다. 개중에는 어제는 없던 선도 있는 것 같다. 나중에 나이를 먹으면 선들 중 어느 것은 희미해질 것이다. 아예 사라져버릴지도 모른다. 선이 끝나는 지점에서 또 다른 선이 길쭉하게 뻗어 있다. 갈라지는 부분에서 피어나는 어떤 것이라니. 다름 아닌 손가락이다. 어린아이는 손가락 하나하나에 눈길을 준다. 엄지손가락, 집게손가락, 가운뎃손가락, 약손가락, 그리고 새끼손가락. 어떤 손가락은 더 길고 어떤 손가락은 더 튼튼해 보인다.

하나, 둘, 셋, 넷, 다섯. 어린아이는 손가락으로 숫자를 센다. 밥을 먹을 때 쓰는 손가락, 약속을 할 때 쓰는 손가락, 반지를 낄 때 쓰는 손가락이 보인다. 약속을 할 때 쓰는 손가락으로는 이따금 코를 파기도 한다. 아마도 열 개의 손가락에는 각각의 쓰

임이 있을 것이다. 그러니까 열까지 셀 수 있겠지. 열이 넘어가면 큰 수가 된다. 많은 양이 된다. 어린아이가 아직 이해하지 못하는 세계, 당분간은 감당할 수 없는 세계가 있다.

어린아이에게도 순간이 찾아온다. 자신이 어리다는 사실을 깨닫는 순간이. 어른이 할 수 있는 일을 자신은 결코 할 수 없다는 걸 알게 되는 순간이. 선반 위에 있는 사탕 단지에 가 닿을 수 없고 아무리 빨리 달려도 어른을 앞지를 수 없다는 걸 온몸으로 파악하는 순간이. 자신의 손가락으로는 버스의 벨을 누를 수 없다는 걸 인정해야 하는 순간이. 억울해서 울음을 터뜨리고 마는 순간이. 온몸으로 우는 순간이. 개개의 손가락이 파들파들 떨리는 순간이. 열정이 늘 꿀단지를 가져다주는 것은 아니라는 사실을 순순히 받아들일 수밖에 없는 순간이.

그때 어린아이는 난생처음 生의 리듬에 대해 깨닫는다. 자신의 리듬과 이 세상의 리듬이 다르다는 사실을, 그 차이가 시간과 공간에 균열을 낸다는 사실을. 그리하여 길바닥에 주저앉아 서럽게 울고 마는 것이다. 어린아이에게는 시간 개념이 희미하지만, 어느새 자기도 모르게 미래를 생각하고 있다. 어린아이는 어느 날 갑자기 어른으로 변신할 수 있다고 믿는다. 어른이 되면 손가락으로 버스의 벨을 누를지 말지 결정할 수 있을 것이다.

못 해본 일들을 할 것이다. 다 해볼 것이다. 언젠가는, 어른이 되면 언젠가는……

passion. isolated

사춘기라고 했다. 어른이 되어가는 시기라고 했다. 자고 일어났는데 어제와 달라진 것 같은 느낌이 들었다. 기지개를 켜다 내 몸이 내 몸 같지 않다는 생각이 들었다. 어깨가 벌어지고 팔이 길어졌다. 점프를 하면 손가락으로 천장을 쓸어내릴 수 있었다. 하루 만에? 하루 만에! 침대에 주저앉아 천천히 어젯밤 꿈을 복기해보았다. 뿌옜다. 그저 뿌옇기만 했다. 얼핏 끝이 보이지 않는 동굴 속에 발을 들인 것 같기도 했다.

샤워를 하러 들어갔다가 깜짝 놀랐다. 거웃이 나

기 시작한 것이다. 하루 만에? 하루 만에! 내가 모르는 사이에 시간이 훌쩍 지나간 것만 같았다. 나는 지금 변화하고 있다. 거울에 비친 모습을 바라보았다. 그렇게 낯설 수가 없었다. 어른이 되어간다는 사실을 아무에게도 말하지 말아야지. 비밀을 들키지 않으려고 보호막을 쳤다. 나도 모르게 예민해졌다. 그 때문에 상처를 주고받는 일이 많아졌다. 상처와 상처가 달라붙어 기억이 되었다. 기억과 기억이 맞부딪쳐 고집이 되었다. 나는 그것을 일종의 에너지라고, 걷잡을 수 없는 리듬이라고 느꼈다.

학교에 갔더니 아이들이 험담을 하고 있었다. 모르는 아이에 대한 이야기였는데, 이야기를 다 듣고 나니 생면부지의 아이가 외려 친근하게 느껴졌다. 아이들은 신나게 손가락질을 했다. 손가락 사이사이에 땀방울이 맺히기 시작했다. 손가락으로 할 수 있는 일들이 늘어나고 있었다. 욕을 할 때 쓰는 손가락이 따로 있다는 사실은 충격적이었다. 가장 긴 손가락으로 누군가에게 저주를 퍼부을 수 있다는 게 끔찍했다. 그날 밤, 사정없이 머리를 쥐어뜯었다. 손가락의 농성이 밤새 이어졌다.

　다음 날 아침, 눈을 뜨자마자 손바닥을 내려다보았다. 실금들 사이로 언뜻언뜻 멍든 자국이 보였다. 손가락 마디마디에 푸른 핏줄이 보였다. 붉은 피가 흐르는 푸른 핏줄이라니. 반사적으로 보라색 비를 떠올렸다. 프린스가 부른 「Purple Rain」을 자주 듣던 시절이었다. 박자를 맞추던 손가락을 입술에 가져다 댔다. 아무 말도 할 수 없었다. 아픈 손가락을 떠올리며 우두커니 앉아 있었다. 입술에 가져다 대었던 손가락으로 허공에 그림을 그렸다. 그것은 조각처럼 견고했다가 추상화처럼 뒤죽박죽이었다가 눈 깜짝할 사이에 비눗방울처럼 터져버리고 말았다. 무언가를 완성했는데 아무것도 남아 있지 않았다. 손가락이, 손가락은, 손가락만 그대로 있었다.

　어느 날, 아파트 복도에서 옆집 아주머니가 엄마에게 툭 던지는 소리를 들었다. "사춘기예요." 그 말은 내 가슴에 뚝 떨어졌다. 들끓는 무언가가 있었는데 심호흡을 하며 겨우 삼켰다. 손가락이 팽팽해졌다. 손가락 사이의 각도가 가팔라졌다. 어른은 참을

줄 알아야 한다. 어른이 되려면 고립의 시간이 필요하다. 나는 자발적으로 고독해져야 한다. 아무것도 없는 것을 알면서도, 허공을 향해 필사적으로 손을 뻗었다. 분명 손가락 사이로 무언가가 지나갔는데, 그것을 설명하거나 표현할 수 없어서 막막했다.

passion. ignited

친구들 중 일부가 서울로 떠났다. 2월이었다. 자취방을 구해야 한다고, 기숙사에 짐을 옮겨두어야 한다고, 남들보다 하루라도 빨리 재수 준비를 해야 한다고 했다. 서울의 입시학원은 규모부터가 다르다고 했다. 모의고사를 한 달에 두 차례 응시하는 데도 있다고 했다. 서울의 지하철역들을 달달 외우는 친구도 있었다. "잘 다녀와"라고 말하지 않았다. 떠나보내는 사람이 되기는 싫었다. '나도 서울에 갈 거야.' 친구들이 환하게 웃었다. '내년에는 나도 서울에 갈 수 있겠지?' 행인지 불행인지, 친구들은 여전히 웃고 있었다.

손을 흔드는 친구도 있었고 손을 맞잡는 친구도

있었다. 손이 통째로 민망했는지, 손가락이 부끄러웠는지 얼결에 나는 주머니에 손을 집어넣었다. 주머니 속에서 손가락들이 법석이고 있었다. 숨통이 트일 날이 머잖아 찾아올 거야. 샤프와 펜을 쥐는 대신, 내 손에는 한동안 리모컨이 들려 있었다. 탁구 라켓을 쥐듯 리모컨을 잡았다. 엄지손가락으로 채널 버튼과 음량 조절 버튼을 눌렀다. 신경질적으로 버튼을 눌러댔지만 내가 원하는 다음 장면은 나오지 않았다. 내가 원하는 다음 소리는 나오지 않았다. 오락 프로그램을 봐도 웃음이 나오지 않았다. 어느새 겨울이 가고 봄이 왔는데, 하루하루는 그렇게 느릴 수가 없었다.

어느 날, 채널을 넘기다 우연히 피아니스트를 보았다. 은발의 피아니스트는 눈을 감고 피아노를 연주하고 있었다. 조명이 있든 없든, 관객이 있든 없든, 바이올린과 비올라와 첼로가 흘러나오면 흘러나오는 대로, 흘러나오지 않으면 흘러나오지 않는 대로 연주를 하고 있었다. 그 모습이 그렇게 숭고해 보일 수가 없었다. 정확하고 날렵한 손끝에 매료되어 한동안 입을 벌린 채 그 모습을 지켜보았다. 문득 초등학교 시절에 피아노를 배우고 싶어 했었다는 사실이 떠올랐다. 당시의 나는 건반을 누르는 대신, 탁구 라켓을 쥐는 날이 많았다. 그리고 지금 내 손에는 탁구 라켓 대신 리모컨이 들려 있다. 무슨 결심이 섰는지, 엄지손가락으로 전원 버튼을 꾹 눌렀다.

다음 날부터 독서실에 다니기 시작했다. 독서실에 있는 사람들의 손가락은 소리 없이, 재빠르게 움직였다. 샤프가 노트 위를 경쾌하게 미끄러지는 소리, 심을 밖으로 밀어내기 위해 샤프의 끝부분을 누르는 소리, 손가락으로 조심스럽게 페이지를 넘기는 소리…… 조심조심하는 소리들이었다. 침묵보다 더한 그 소리들을 견디기 힘들었다. 노트를 펴고 무언가를 적어 내려가기 시작했다. 펜이 멈출 때마다 피아니스트의 모습이 눈앞에 떠올랐다. 건반을 찍고 누르고 주무르던 모습이 생생했다. 손깍지를 낀 채 기지개를 켰다. 무언가가 끝나고 다른 무언가가 시작되고 있었다. 그토록 기다리던 다음 장면처럼, 다음 소리처럼.

passion. separated

너무 많은 사람들을 만나고 돌아온 날에는 몸이
아프다. 사람을 만나면 생글생글 웃으며 인사를 하
거나 악수를 하고 가끔 어깨동무를 하거나 팔짱을
끼기도 한다. 신체 부위가 다른 신체 부위를 만나면
보이지 않는 불꽃이 인다. 긴장을 해서, 입을 열지
도 않았는데 몸이 먼저 의사 표현을 해버려서. 정작
내가 하고자 하는 말은 그게 아니었다는 생각이 들
면 리듬이 깨져버리기도 한다. 유연하게 움직였지
만 반대로 몸은 경직되고 있다.

리듬은 펜을 쥘 때 다시 살아난다. 生의 리듬에
균열이 생기던 순간들을 한데 그러모은다. 그것들
은 원래의 리듬을 되찾아주는 것은 물론, 또 다른
리듬을 만들어내기도 한다. 어깨를 으쓱하기도 하
고 다리를 공중으로 들어 올리기도 한다. 손가락 사
이에 펜을 넣고 돌리기도 한다. 아무리 연습해도 되
지 않는 것들이 있다. 그것을 인정하는 순간, 실소

가 터져 나온다. 백지 위를 움직이는 나의 의식도 리듬을 타고 순항한다. 이따금 끼어드는 무의식이 이 율동에 생기를 더해준다. 나를 되찾아가고 있다는 확신이 든다. 손바닥 위로 보이지 않는 힘들이 모인다. 주먹을 꼭 쥔다. 순순히 풀어지지 않으려고, 손가락이 서로를 의지한다. 나는 울지 않으려고 시를 쓴다.

숟가락을 쥘 때, 라켓을 쥘 때, 쓰레받기를 쥘 때, 나는 예의 그 리듬을 생각한다. 어릴 때 시공간에 틈이 나면 저 멀리 팔을 뻗던 순간, 사춘기 때 기지개를 켜다가 내 몸이 변화하고 있음을 깨달았던 순간이 떠오른다. 살아가면서 더 많은 것들을 쥘 기회를 얻을 것이다. 밥줄을 쥔 사람, 돈줄을 쥔 사람, 권력을 쥔 사람이 되고 싶지는 않다. 生의 실마리를 쥐고 싶다는 생각을 한다. 아무리 어려운 상황에 처해도 쓰게 만드는 어떤 것이 있으리라 믿는다. 이처럼 무언가를 쥐는 일은 어떤 믿음을 갖게 만드는 힘이 있다.

그래서인지 나는 도망치듯 떠나던 사람들의 뒷

모습을 오랫동안 바라보곤 했다. 줄 것이 없어서, 공허해서, 한번 손에서 빠져나가면 다시는 되돌아오지 않을 거라는 사실을 잘 알아서. 그들이 떠나갈 때 내 손은 늘 앙다문 채였다. 내 손가락은 아무런 표현도 하지 못했다. 엄지손가락과 집게손가락은 무작정 떨고 있었다. 가운뎃손가락은 침묵했다. 약손가락이 그리워할 때 새끼손가락은 온기를 찾아내려 애쓰고 있었다. 쥐고 싶다는 욕망은 어쩌면 그 당시에만 가질 수 있는 열정이었다. 그 열정이 나를 예까지 데려왔을 것이다.

쥐었던 주먹을 편다. 하늘을 향해 손을 뻗는다. 손가락들이 유연하게 움직인다. 살아 있다는 느낌은 늘 새삼스럽다. 가만히 있는 상태에서도 몸속에서는 100조 개에 육박하는 세포들이 움직이고 있다. 그리고 나를 떠나지 못하는, 내가 떠나보내지 않은 각종 상념들이 그것들에게 리듬을 부여한다. 엄지손가락, 집게손가락, 가운뎃손가락, 약손가락, 그리고 새끼손가락처럼 그 상념들 하나하나에 이름을 붙여주고 싶다. 열정과 정열이 다른 것처럼, 내가 매일 아무도 모르게 조금씩 달라지는 것처럼.

왼손은 마음이 아파

지은이 오 은
펴낸이 김영정

초판 1쇄 펴낸날 2018년 8월 31일

펴낸곳 (주) 현대문학
등록번호 제1-452호
주소 06532 서울시 서초구 신반포로 321(잠원동, 미래엔)
전화 02-2017-0280
팩스 02-516-5433
홈페이지 www.hdmh.co.kr

ISBN 978-89-7275-909-6 03810
       978-89-7275-907-2 (세트)

* 책값은 뒤표지에 있습니다.